AF233890

# LES PRISONS

# POLITIQUES.

DÉDIÉ

## A M. F. DE LAMENNAIS,

### AVEC UNE LETTRE DE L'ILLUSTRE ÉCRIVAIN,

### Par CAMATTE.

**Prix : 30 centimes.**

## EN VENTE

Chez VILLET, libraire, 12, boulevard des Italiens
(Maison-Dorée).
ET CHEZ TOUS LÉS LIBRAIRES.

1844

Je vous remercie, monsieur, des vers que vous avez bien voulu m'envoyer. Ils portent l'empreinte d'une ame jeune et noble qui n'a pas cédé à l'action énervante de l'atmosphère corrompue où l'on a plongé notre malheureux pays. Je vous en félicite d'autant plus, monsieur, que le nombre de ceux qui vous ressemblent paraît devenir chaque jour plus rare. Espérons cependant que la France surmontera cette nouvelle épreuve, et que du fond même de la boue où l'on s'efforce de l'étouffer, elle se relèvera plus puissante et plus belle.

Agréez, je vous prie, l'assurance de mes sentiments affectueux,

F. LAMENNAIS.

# LES PRISONS

# POLITIQUES.

Væ Victis !

Lorsque, pour conquérir nos libertés perdues,
Nos frères de Juillet combattaient dans les rues,
Ceux qui vinrent plus tard s'emparer du pouvoir,
Que faisaient-ils alors, voulez-vous le savoir?
Ils cherchaient en tremblant, misérables transfuges,
Dans des caveaux profonds des infâmes refuges,
Et quand tout fut calmé, semblables aux corbeaux,
Ils vinrent partager le butin en lambeaux;
Braves dans leurs discours, ces sauteurs politiques
S'établirent gardiens des libertés publiques;
Qu'en ont-ils fait? Depuis, ce dépôt précieux
Fut vendu pour de l'or, ô forfait odieux !

Dès ce jour on les vit tous occupés sans cesse
A voter des impôts, à bâillonner la presse, (1)
Tous ceux qui nous parlaient au nom de la raison
Surent s'il est amer le pain d'une prison ;
Le brave Lamennais à la vaste pensée,
Du camp républicain sentinelle avancée,
Pour avoir démasqué les manœuvres des rois,
N'eut-il pas à gémir pendant quatorze mois !
Ils croyaient maîtriser sa fougueuse énergie
Dans les murs empestés de Sainte-Pélagie,
Malgré leurs argousins toujours il écrivit :
On enchaîna son corps, mais jamais son esprit ;
Il mine chaque jour, comme un démon du Dante
Le vaisseau de l'État avec sa plume ardente.
Insensés !.... le bon droit ne peut jamais périr,
Vous avez le présent, nous avons l'avenir !
Avec ces simples mots : *complicité morale,*
N'ont-ils pas infligé les tourments de Tentale
Au pauvre Dupoty ; tant d'autres malheureux (2)
Ne languissent-ils pas dans des cachots affreux ?

(1) Il y a en ce moment 29 gérants et rédacteurs de journaux en prison.
Depuis 1830, le journalisme a payé 796,500 fr. d'amende, et subi 186
années et 2 mois de prison. Voilà comment se réalise cette fameuse pro-
messe de l'Hôtel-de-Ville : *Il n'y aura plus de procès de presse.*

(2) Le journal *la Réforme,* dans un article aussi courageux que vrai

Vous ne rougissez plus de tant d'ignominie,

Je vous entends crier mensonge et calomnie,

Mensonge, dites-vous, faut-il citer des noms,

Ils ne manqueront pas, j'en ai dans mes cartons ;

Puisque vous l'exigez, il faut que je les nomme,

Connaissez-vous Barbès, cadavre qui fut homme,

Petremann et Dufour, Bernard et Dubourdeau, (1)

Blanqui, Vilcoq, Hubert, ainsi que Fomberteau,

Tous naguères remplis de force et de jeunesse,

Ensevelis vivants dans cette forteresse, (2)

Qui pesa si longtemps, avec son lourd donjon,

Sur leurs corps amaigris comme un manteau de plomb,

sur les tortures du Mont-Saint-Michel, termine ainsi : « Il nous reste maintenant le supplice des *auges*. Qu'on se figure deux rangs de boîtes en planches épaisses de 5 à 6 pouces , recouvertes de fer sur presque toute leur surface , et de 2 mètres 30 centimètres de long , sur 1 mètre 65 centimètres de large. C'est dans ces cercueils qu'on a tenu, pendant 66 jours, privés d'air et de mouvement , au pain et à l'eau pour toute nourriture, les prisonniers politiques du Mont-Saint-Michel. Parlerons-nous encore des violences brutales, des lâches sévices, des infâmes traitements , des coups, des blessures, dont les prisonniers ont été victimes. Répéterons-nous qu'on traînait Barbès par les cheveux et la barbe; que Delsade était frappé d'un coup d'épée, qu'il n'y a pas un seul prisonnier politique sur lequel les geôliers n'aient porté les mains. Ne parlez donc plus de moralisation , vous mentiriez; ce n'est pas de la morale que vous avez voulu faire, c'est de l'intimidation et de la vengeance.

(1) Les détenus politiques que le ministère a mis en liberté, pour se faire pardonner le voyage en Angleterre, sont en ce moment dans la plus affreuse misère, faute de travail ; les autres ont changé de tombeau, on vient de les conduire, chargés de chaînes, à la prison de Doullens.

(2) Le Mont-Saint-Michel est construit sur un rocher, au milieu de la mer.

Monument de terreur digne du moyen-âge
Qui nous rappelle encor cette époque sauvage.
Ils furent là, voués presque tous au trépas
Par ce terrible mal qui ne pardonne pas.
Ils vous sont bien connus (ces faits sont authentiques),
Et six autres encor qui se meurent phthisiques.


Je puis à volonté rembrunir ce tableau
En citant Bérénat pendu dans son cachot,
Jarasse qui, voulant terminer ses misères,
A tenté de figer son sang dans ses artères ;
Steuble qui, dans l'accès d'un affreux désespoir,
Enfonça dans son cou le tranchant d'un rasoir...
Oh ! tout ceci n'est pas un jeu de poésie,
Caprice, amusement, œuvre de fantaisie,
C'est un drame effrayant par sa férocité,
Qui finit à Doullens dans sa réalité.
Vous n'osez imiter le féroce Grégoire,
Qui mâche des morceaux de chair dans son ciboire,
Et qui, pour célébrer son office divin,
Dans son calice d'or verse du sang humain.
Le tigre !... il a du moins le courage du crime :

En face du soleil il frappe sa victime. (1)

Vos prisonniers à vous ont un bien meilleur sort,

Vous aimez beaucoup mieux les commuer..... à mort !


De dégoût tout mon sang vers mon cerveau remonte ;

Soyez cent fois maudits, vous qui n'avez pas honte

De torturer à froid vos ennemis vaincus ;

Les condamnés d'hier demain seront élus. (2)


Allez, j'en puis citer qui sont morts poitrinaires

En jurant contre vous, ministres sanguinaires :

Jacques Jouves, Mirey, Jeanne, Blanc et Buisson. (3)

(1) On se rappelle encore la sanglante exécution des six malheureux jeunes gens, pleins de talent, d'espérance et d'avenir, fusillés à Bologne le 7 du mois de mai dernier, par ordre de Sa Sainteté très *chrétienne*, Grégoire XVI.

(2) Magalon, qui avait été accouplé à un assassin, s'est vu, après 1830, l'objet de l'intérêt général, et le gouvernement a expié, par une réhabilitation solennelle, les cruautés de la Restauration envers cet écrivain. — Fontan, condamné à cinq ans de prison pour avoir appelé Charles X un *mouton enragé*, et retenu à Poissy où on le faisait travailler avec des voleurs, a été relaxé et décoré par le pouvoir de 1830. Nous ne parlerons pas de Béranger, condamné aussi par la Restauration, pour avoir défendu les droits du peuple : on connaît l'estime dont il jouit ; ni de notre compatriote Barthélemy, qui a rendu jadis de si grands services, et qui vient enfin de se réveiller.

(3) La conduite de Jeanne, au cloître Saint-Méry, dans les mémorables journées des 5 et 6 juin, peut être comparée, sans exagération,

Je ne puis achever, je me sens le frisson…

. . . . . . . . . . . . .

De ces suppliciés ne rouvrons pas la tombe, (1)
Que leur assassinat sur qui de droit retombe.


Votre Mont-Saint-Michel a peuplé Charenton.
Horreur !... Qu'avez-vous fait d'Austen et de Bourdon,
De Charles, de Boudin, vous gardez le silence.
Répondez une fois enfin sans réticence.

à celle de Léonidas, aux Thermopyles. Un des combattants se plaignan:.
de la faim et demandant des vivres : « Des vivres ! répondit Jeanne ; il
est trois heures, et à quatre heures nous serons morts ! » (Voir l'*Histoire de dix ans*, par Louis Blanc ; 5ᵉ volume, page. 516 et suivantes).

(1) Le rapporteur du projet de loi sur les prisons s'exprimait ainsi,
dans la séance du 27 avril dernier, en présence des ministres, qui n'ont
pas désavoué ces révélations : « J'ai vu au Mont-Saint-Michel autre chose
que le regime habituel. Il y a eu des peines disciplinaires, et je dois dire
avec la même franchise qu'elles ont été souvent *d'une cruauté inouïe.*
Il est arrivé au Mont-Saint-Michel de placer dans de petites cellules, au
haut de l'édifice, pendant 66 *jours,* des détenus, en les laissant une partie
de ce temps sans travail, livrés à cet ennui destructeur de la solitude
inoccupée. *Il est arrivé plus,* il est arrivé de soumettre un grand nombre
des détenus au régime du pain et à l'eau pendant vingt-huit jours. »
Vingt-huit jours consécutifs ! lorsque la loi, en Angleterre, la loi elle-
même, a pris soin de dire qu'on ne pouvait pas livrer à ce régime un dé-
tenu pendant plus de trois jours. Ce régime a profondément altéré non-
seulement la santé ; mais la raison de quelques détenus ; car chacun
le sait, et cela se voit dans les naufrages, la faim est peut-être l'excitant
le plus énergique à la folie. (*Moniteur* du 27 avril 1844 ).

On voit par ces détails qui épouvantent l'humanité, que nos moralistes
n'ont rien oublié : ni les plombs de Venise, ni les cachots de l'inqui-
sition.

Vous le savez trop bien... Ah ! réjouissez-vous,
Ceux-là n'écriront plus, les pauvres......, ils sont fous ! (1)


Vertueux Duchâtel, si je pouvais tout dire,
Je te disséquerais tout vif dans ma satire ;
Je voudrais dans tes chairs enfoncer mon scalpel
Pour exposer à nu ton cœur pétri de fiel,
Mes vers dessineraient la tache indélébile
Dont on doit décorer tout ministre servile ;
Je ferais volontiers l'office de bourreau
Pour poser sur ton front l'empreinte d'un fer chaud.
A défaut de talent n'ai-je pas ma colère ?
Mais je te connais trop, et j'aime mieux me taire,
Espérons cependant qu'un jour heureux viendra
Où nous ne craindrons plus les fureurs de Sylla.


Puis encor en retour de leurs belles promesses,

(1) Nous ne devons pas oublier l'infortunée mademoiselle Laure Grou-
velle, le temps fixé à sa détention est achevé, mais la malheureuse fille,
la prison la rendue folle ; elle n'a pu jouir de la liberté, au lieu de l'air
des champs qu'elle aimait à respirer à pleine poitrine, c'est l'étroite lu-
carne d'un sombre cachot qui donne passage aux quelques rayons de
soleil qui illuminent quelquefois la lugubre pâleur de ce front où l'intel-
ligence a été tuée par la persécution.

Ils flanquèrent Paris de quinze forteresses,

Rien ne les arrêta. Pour comble d'impudeur,

Ils bâtirent un fort d'une *honnête* grandeur, (1)

Avec trous meurtriers, plates-forme, tours, grille,

Sur le même terrain qu'occupait la Bastille,

En face du génie à l'immortel flambeau

Qui plane soucieux au-dessus du tombeau,

De ces nobles martyrs, dont le sort fait envie,

Eux, du moins, ne voient pas cette basse infamie.

N'osaient-ils pas après nous demander des pleurs? (2)

Mais pour qui nous prend-on? C'est bon pour ces acteurs

Qui peuplent les salons dorés des Tuileries,

Eux seuls possèdent bien l'art des flagorneries.

Nous pleurer!... Eh pour qui? Si nous portons le deuil,

C'est pour nos vrais amis descendus au cercueil.

Oui, nous aurons pour eux une larme sincère,

Nous fêterons en pleurs le grand anniversaire

Qu'un programme menteur en style oriental,

Dicté par Rambuteau nous change en carnaval.

Peut-on se réjouir quand on voit l'insolence

(1) Que par une étrange corruption de langage, ils appellent modestement, un corps-de-garde.

(2) Nous n'avons eu qu'un anniversaire de juillet depuis la mort du duc d'Orléans.

De ces hommes impurs dignes de la potence
Boire notre sueur avec impunité
Depuis bientôt quinze ans au nom de l'équité. (1)
Au nom de l'équité ! Ce mot est un blasphème,
Ne le prononcez pas, anethème ! anathème !
Sur vous qui demandez de l'or, toujours de l'or, (2)
Vous ne craignez donc pas un second thermidor ?..


Valets, obéissez aux ordres qu'on vous donne
Ou vous serez chassés ! demandez-nous l'aumône. (3)
La loi punit pourtant celui qui tend la main (4)
Avec humilité pour acheter du pain.


Peut-être qu'ils verront dans mes vers une offense,
Tant pis, l'homme de cœur doit dire ce qu'il pense,

(1) Le mot est consigné dans la réclame du *Moniteur*.

(2) La noble et courageuse indignation de M. Lherbette, a fait justice de ces demandes.

(3) Le domaine privé s'élève à plus de cinq cent soixante-et-onze millions ; il possède le tiers des forêts de la France. Avec cette monstrueuse fortune on ose encore, après plusieurs sanglants refus, nous demander des dotations. Ne pourrait-on pas s'écrier avec Virgile : *En queis consevimus agros.* Voilà pour quelles gens nous payons le budget (traduction de Delisle).

(4) il est fâcheux que la loi qui punit la mendicité ne s'applique qu'aux mendiants de bas étage.

Au risque de passer cinq ans sous un verrou
Pour en sortir après comme nos frères...... fou.


Que vous importe, à vous, qu'une affreuse misère (1)
Ronge notre pays du Var au Finistère,
Qu'on rencontre à tout pas, dans ce Paris fangeux,
Des squelettes vivants au teint cadavéreux,
Mendiants effrontés, pour guérir tant d'audace,
Il vous faut à tout prix un remède efficace.


Hier c'était Taïti, maintenant c'est Maroc, (2)
Mais vous avez donc tous le cœur plus dur qu'un roc,
Rien ne peut déchirer votre dur épiderme ;
A tant d'iniquités quand mettrez-vous un terme,
Quand abdiquerez-vous ce rôle avilissant ?
Faut-il, pour vous forcer, du sang, toujours du sang ?...


Le pavé fume encor de celui des victimes

(1) Il y a huit millions de pauvres en France, c'est-à-dire, le quart de la population.
(2) Chacun connaît le traité de paix avec l'empereur de Maroc ; c'est le cas de dire que les vainqueurs paient l'amende.

Qu'immolèrent vos coups ; mais l'exemple est frappant,
L'aquilon ne peut rien contre les hautes cimes,
Le mistral qui rugit brise tout en passant.


Ah ! quand pourrons-nous donc tous unis vivre en frères ?
Ah ! quand donc la raison, en vous entrant au cœur,
Vous fera regretter les leçons populaires.
Ministres imprudents, sachez que le bonheur
Est semé pour chacun, et le droit d'y prétendre
Au faible comme au fort par Dieu fut dévolu.
C'est une loi pour tous ; puissiez-vous le comprendre,
Car à ce titre-là ce que l'on a voulu,
De le vouloir encor nous avons la puissance.
Faut-il toujours frapper : c'est horrible à penser.
Oh ! par pitié pour vous arrêtez la vengeance,
Ne la méprisez pas : elle est prompte à passer ;
Mais sa main est terrible, aveugle, infatigable...
.  .  .  .  .  .  .  .  .  .  .  .
.  .  .  .  .  .  .  .  .  .  .  .
.  .  .  .  .  .  .  .  .  .  .  .

Et toi, fuyard de Gand, dont la vénalité
De tout temps égala l'impopularité,
Sévère puritain tout gonflé de bassesse,

Que pour des monceaux d'or le pouvoir tient en laisse,
Tu viens nous demander, cancer du genre humain,
Notre dernier denier, quand nous mourons de faim. (1)
Guizot, pour illustrer une si belle vie,
Sous peu je te promets une biographie,
Je veux, en délayant sur toi la vérité,
Te clouer au carcan de l'immoralité ;
Je veux de tes forfaits dresser le répertoire,
Afin que de mes vers on garde la mémoire.


Nos droits sont méconnus, le peuple au bras puissant
Un jour pour les ravoir prodiguera son sang.
Le peuple ! A ce beau nom supprimez votre audace,
Vous qui dans vos dédains l'appelez populace ;
Sachez que sous l'habit de l'obscur travailleur
Bat un cœur aussi grand que celui d'un seigneur.
Au moment du péril, jamais ses mains calleuses
Pour s'armer d'un fusil n'ont été paresseuses.
On l'entendit souvent, de bonheur transporté,
Crier : mort aux Anglais ! vive la liberté !
C'est que la liberté, c'est son dieu, son idole,

(1) Plusieurs millions d'hommes, en France, ne mangent pas de pain
et boivent de l'eau.     (BLANQUI, *Histoire de l'économie politique.*)

Il la veut, il l'aura, mais non plus en paroles ;
Pour elle il a prouvé cent fois dans les combats
Qu'il sait braver la mort et ne recule pas ;
De vaincre un contre dix nous avions l'habitude,
Ce que nous avons fait, j'en ai la certitude,
Nous le ferions encor si la France en danger
Nous disait, mes enfants, marchez sur l'étranger!
Au coup que nous porta l'insolente Angleterre,
Le peuple répondit par ce seul mot : la guerre !
Eh bien! que firent-ils pour venger cet affront?
Nos grands hommes d'État ! ils courbèrent le front
Au lieu de lessiver dans le sang tant de boue,
Ils dirent qu'un soufflet ne meurtrit pas la joue;
De tout ce qu'on lui fait il a le souvenir,
Et lorsque l'heure sonne alors il sait punir.
De ces grandes leçons vous perdez la mémoire ;
Consultez le passé, feuilletez notre histoire,
Elle vous apprendra qu'il sut plus d'une fois
Pulvériser ses fers et renvoyer ses rois.

---

PARIS.—IMPR. D'AD. BLONDEAU, RUE RAMEAU, 7 (PLACE RICHELIEU).